S0-BFA-213

Cómo atrapar a un elefante
Primera edición: mayo de 2019
Título original: *How to Catch an Elephant*

© Clavis Uitgeverij, Hasselt- Amsterdam – New York
Publicado originalmente en Bélgica y Holanda
en 2019 por Clavis Uitgeverij, Hasselt – Amsterdam.
Texto e ilustraciones © 2019 Clavis Uitgeverij, Hasselt – Amsterdam.
Todos los derechos reservados.
© de esta edición 2019 Thule Ediciones, SL
Alcalá de Guadaíra 26, bajos - 08020 Barcelona

Director de colección: José Díaz
Maquetación: Aloe Azid

Toda forma de reproducción, distribución, comunicación pública
o transformación de esta obra solo puede realizarse con la autorización
de sus titulares, salvo la excepción prevista por la ley. Diríjase al editor
si precisa fotocopiar o escanear algún fragmento de esta obra.

EAN: 978-84-16817-51-1
D. L.: B 3712-2019
Impreso en Eslovaquia

www.thuleediciones.com

Vanessa Westgate

Cómo atrapar a un ELEFANTE

Si quieres atrapar a un elefante,
antes debes averiguar dónde viven los elefantes.

Luego tienes que viajar
a un país de elefantes

y contratar a un guía para que te enseñe
por dónde andan.

Tarde o temprano encontrarás a un elefante desayunando.
Ahora, ¡chist! Calla y observa atentamente.
Míralo, tan **MAJESTUOSO**...
Tan **IMPONENTE**...
¡Y cuántos **AMIGOS** tiene!
No te acerques demasiado,
porque con los elefantes nunca se sabe.

Se alteran con cualquier cosa.

Y **JAMÁS** conviene
alterar a un elefante.

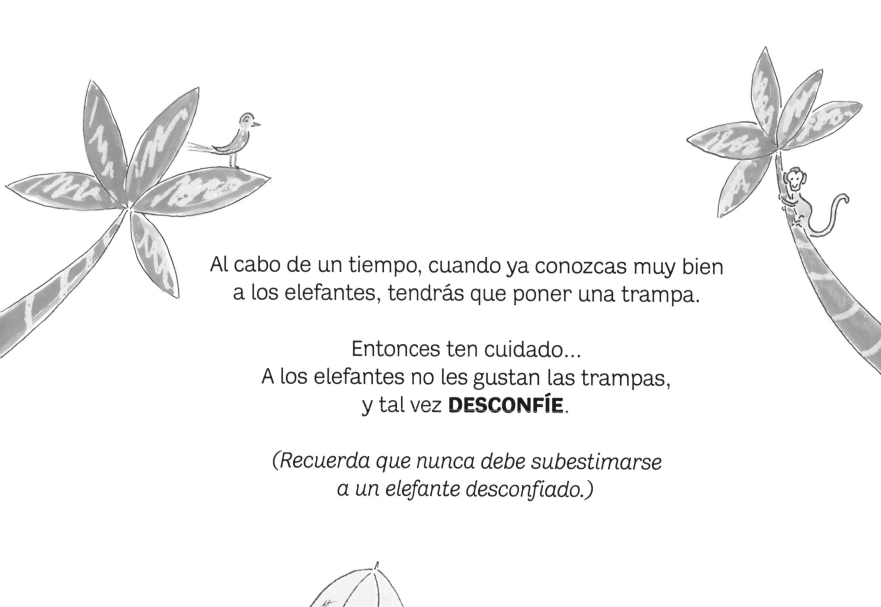

Al cabo de un tiempo, cuando ya conozcas muy bien
a los elefantes, tendrás que poner una trampa.

Entonces ten cuidado...
A los elefantes no les gustan las trampas,
y tal vez **DESCONFÍE**.

*(Recuerda que nunca debe subestimarse
a un elefante desconfiado.)*

Escóndete y espera
con paciencia...

A continuación tendrás
que llevarlo al aeropuerto.

No es tan fácil como parece.

Tendrás que hacerlo
a toda velocidad,

antes de que el resto de la manada acuda al rescate.

En el aeropuerto necesitarás una **foto**,

y un **pasaporte**

y un avión **gigante**.

Después necesitarás un **camión ENORME**.

Al llegar tal vez te des cuenta
de que no cabe en la casa,

ni tampoco
en el jardín.

Y de que los vecinos
no le tienen tanto
cariño como tú.

Necesitará toneladas de comida
(los elefantes siempre tienen hambre...)

y litros de agua
(a los elefantes les encanta jugar con agua).

Aunque nunca querrá jugar en la piscina contigo porque se acordará de cuando jugaba en los ríos salvajes de África con su familia y sus amigos, y mirará tristemente a la piscina pensando: **«Es que no es lo mismo...»**.

Entonces dejará de comer,
incluso su comida preferida.

Sentirá añoranza y soledad; ya no tendrá un aspecto majestuoso.

Enseguida tendrás que llamar al elefantólogo, el doctor de elefantes.

El doctor lo examinará con cuidado, auscultará su corazón
y te dirá que lo que tiene no es una enfermedad, sino añoranza,
y que debe volver a África cuanto antes.

Entonces te darás cuenta de que su sitio no está en tu casa, contigo,
y que si de verdad lo quieres tendrás que dejarlo marchar.

Será difícil encontrar a su familia
porque habrán viajado
en busca de nuevos pastos.
(Y todas las manadas se parecen.)

Pero tarde o
temprano la
encontrarás, y la
manada le dará la
bienvenida a casa.

Entonces tendrás que despedirte
de él, aunque te parta el alma.

Aún así le prometerás no olvidarlo
nunca mientras lo ves adentrarse
en las praderas infinitas,
de regreso a África, su hogar.

Tal vez pienses que es más fácil
atrapar a un león...

o una cebra...

o incluso un rinoceronte...

Aunque pronto te darás cuenta de que no lo es.

Al final comprenderás
que los animales son felices
cuando viven libres en la naturaleza.

Ojalá puedas visitarlos de vez en cuando.

Fin